Frame

Keiko Kawakami

川上 敬子

文芸社

☆何もないのは淋しいことかな？

◎ずっとずっと淋しかった

★優しさを欲しがるうちに自分の優しさをなくしてた
いつもと違った悲しみが いつも以上に込み上げて
ときどき感じる悲しみは いつしか常に感じてた

☆悲しくなければそれでいい 泣いてるヒマなどほしくない

☆わかるなら 独りぼっちにしないでよ。
心の入り口取り替えるろうろ ずいぶん頑丈になってった

★悲しいことを悲しいと 言える世界がほしかった

★ひとりぼっちの自由はいつしか孤独に変わった

●●●はじまり●●●
手をつなぎたいと思った恋のはじまり
その手をはなしたくないと思った愛のはじまり

☆先を行くからついてきて。先を行くなら連れてって。
つなぐ手はいつでもしっかり優しくね

☆変わらないのが無理ならさ 一緒に変わっていきたいよ

★運命が一個限りのお月様なら 可能性は無数に輝くお星様
☆笑う(ゲンキな)君が好きだけど いつも笑っていなくても・ムリしなくてもいいんだよ
月だって 形を変えて 輝き続ける。雲に隠れて見えない日だってあるんだし…

☆偶然は突然過ぎて驚いた。偶然もうまく重なり運命に

★守る強さ 向かっていく強さ。強い優しさ ズルイ優しさ

●●●●人類愛●●●●
男や女である前に ひとりひとりの人間(ヒト)として知り合いたいよ
思いやる気持ちって 恋に限らずあることでしょう…

☆日本地図が世界地図に地球儀になっちゃうみたいに
変わらない距離も どこか縮んで感じる距離に 広がっていければいいね

★走ることを面倒に感じるようになったのは
持ってる荷物が重いから 手ぶらで走れば気持ちがよかった

★「アイタイ!」って キモチ 私の原動力

◎欲張りは罪なのでしょうか?

☆頭の中でわかっていても　実際衝撃的なもの

★わかってる　つもりはつもりで　実際なんにもわかってなかった

●●●カプセル●●●
ここに来てやっとわかった。見えてきた。
わからないまま引っかかっていたことが　そして素直に飲み込めた。

☆感覚をなくした神経は刺激に驚くばっかりで判断ができなくなってる

●●●意識●●●
怪我をした場所がいばいながら思うのは　結構大事だったんだねって
ケンカをすると仲良いときより　相手のことが気になるみたいな

☆失敗が本物（ナニより）の証拠
★確かめるものではないとわかっているけど　意識してみてほしいんだ

★難しいわけじゃなくって　面倒なだけでしょう？

☆相づちだけをうってほしいわけでもなくて
無難な言葉を聞かせてほしいわけでもなくて　君の気持ちを聞かせてほしいだけのに

☆さりげなく聞いた君の気持ちに　私の想いは届かなかった

☆自分の考え言わないくせして人のことどうこういうのやめようよ

●●●忠告●●●
行き過ぎた意見は　（目の前にいる）キミに伝える言葉じゃなくて
近すぎて見えなくなってる　自分に伝える言葉です

吾え。国語みたいに理想があっても模範解答　自由な世界でいきましょう

◎淋しさが弱さの材料になる。
　弱さが優しさの材料になる。
　優しさが強さの材料になる。

★たったひとつで完璧（パーフェクト）なんてありえない

個性　一人一人の持つイロが　だれかと混ざって反応（かわ）ってく

JUMP　乗り込む・乗り越す・乗り越える　勢いをくれた言葉たち

★まだ　口にしていないのに「ごちそうさま」なんて言えないし　おかしいでしょう

　贅沢　愛してほしいだけじゃない。めいっぱい甘えさせてほしいんだ

★なんだって　実感しなくちゃわからない

イツウ パッと見じゃわからないもの 濃すぎてイロがわからない

錯覚 まわりの変化で違うように見えるだけ

印象 人それぞれに違うもの。
知れば知るほどわからなくなる。それでいいんじゃないのかな

●●●類似●●●
ココロの中の落とし穴。
似ているだけで 安心しきって 知ったような気になっていて
☆同じような毎日の中に 変わり続ける自分がいるよ
★変わりはじめてる自分と 変われない自分が混乱してる

☆輝きを失ったのは私の瞳か 瞳に映るものなのか
★泣けない自分の瞳には ナゼだかすべてが悲しく映った

☆ココロが澄んでいるから？ナミダがジャマしてるから？ まっすぐキチンと見えないの
☆その時だけならその場しのぎでどうにでもなる
でも その先を考えてるからわけにはいかない

●●●シャッター●●●
残っていくこと意識するのなら できるだけキレイなモノに目が向かうでしょう

★瞬間を大切にすれば いつだって輝いていられるよ

☆嫌じゃなきゃそれだけでいいの？
★変わったのはアナタじゃなくて ワタシかも

●●● こたえ ●●●

曖昧なままにしておけば 形を変えて取り戻せない なきゃないで許されないもの。なぞなぞに答えがないと怒るでしょ?!

☆ くり返されて気づくこと
☆ 瞬間（イマだけ）に限り 言えること

★ 答えはいつもひとつじゃない 答えがあるとも限らない

★ 言い切るチカラは どこにもないよ
★ いつも最後はクエスチョン

◎ さっきと違う答えじゃダメかな？

☆ 決めつけないで！自由でいさせて!!

☆同じ季節も去年とはどこか違う
☆吹いてくる風が季節を知らせてる

★理由（ワケ）さえ見つからないほどに　答えは強く出ているの
★答えを見つけるための理由ならあってもなくてもどっちだっていいじゃない

方程式　想像（式）と経験（答え）の
　　　　どちらか一方・片方だけじゃ　説得力はないのかな？
経験　数なんて関係ないよ。だってそれは情報源で結果（答え）じゃないから

★過ぎたことは仕方ないけど　これからのスタートを面倒だって思わないで
★理由（わけ）があってここにいる　結果（答え）があればここにいないかも?!

コメェェェ 突然消えたりしないでよ。戻りたくても戻れないもの

●●●キャンドル●●●
私のココロに火をつけて アナタはどこかへ消えてしまった
でもそのおかげで 固まっていたものが溶け出して 何だか少しはラクにもなった

●●●FAKE●●●
探さなかったら見つからなかった。だからよけいにあきらめ切れない。ゆずれない。
「また別で」って思いたいけど もうダメなんだ。引き返せないよ

ロパクの耳 バレてほしい バレてもいいって秘密もアルよね

☆そろそろまわりも気づき始めてる。
口止めされた 秘密をいつまで黙っていればいいのかな？

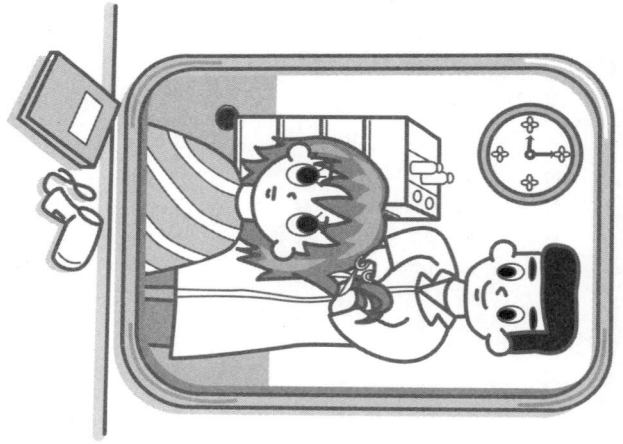

★気になるものを並べてみれば　求めてるものが見つかりそう

☆甘えたいのに強がった。私は平気と笑ってた。心は相当まいってた。

☆何もないのが平気だなんてあるわけないじゃん。たまにならどうかと思うけど寂しさを知れば知るほど孤独をひどく恐れているのに

★見返るばっかじゃ 手を振る腕も上がりはしないし 後ろ姿さえ嫌になる

☆「大丈夫?」って聞かれれば 「大丈夫」って答えることしかできないでいた

ダイジョウブ ウソツキなコトバ。キライなコトバ

☆笑えないのに笑っているとね 楽しいときに笑えなくなるよ

☆つくり笑い 嘘に似ているバレなきゃいいか。笑うこと 嘘つくみたいで嫌だった

★話せば話すほど違いが生じる。でもそうしなくちゃ誤解が生じる

●●●炎症●●●
解り合いたい苦しみは 興味を示してる証拠なのに
ラクなほうへと流れていくよね だいたいは...

☆大切だって気づいたのなら 離れちゃだめだよ離しちゃだめだよ
間をつなぐのは それぞれの思い込みってやつだから。崩れてしまう壊れてしまう

☆言つちやえば簡単につながるコタエはキミに見つけてほしい。
だから足跡のように 絶えずヒントは残してあるよ

☆当たり前になってく前が大変なことだと思う

パートナー 足りないものは 自分以外の誰かな

★すべてを見せてはダメなのか？ すべてを見せなきゃダメなのか？

●●●絆創膏●●●

世間（かぜ）に当てなきゃいけない傷口
自分の弱さを見せられるほうが強いんだってわかってる

☆負けず嫌い・我慢強さが災いして 母がエルみたくパンクした

☆自分から甘えていける人ならきっと 大丈夫だと思うんだ。
必要以上に強がっている君だから 心配なんだよ

駆け引き　格好悪い（みっともない）のが嫌だから
自分の思いが空振らないように試してた

★多ければ多いほど 親しくなっていく共通・接点

●●●価値観●●●
個人的所有物で結構。
確かめ合うううちスレてることに気づいたの、遠慮し（埋め）合うことが悲しく思えた。
下手に合う人見つけると 基準が生まれて苦しいだけだよ

拒絶 食い違う意見が見えない壁を作って 離れた場所に一人ぼっちの世界作って
自分で自分守るしか思いつかなくてどんな言葉も聞き入れる余裕はなかった。

●●●バリネスミ●●●
誰も近づいてこられないように 自分を守っていくために身につけた
カラダに深く突き刺さるトゲを抜いてほしい。感じる痛みに馴れてはいるけど
何も知らない大切な人を傷つけちゃいけないって思うから。そして今スグ近づきたいから

23

☆急く足音に急かされて 行き先もわからないままついていく
★流されてばっかりいるから 目がまわって気分が悪い

★理解す（わか）るから従わなくちゃいけなくて。
でも、認めたくないものに反発し逆らうことに疲れて諦め流されたとしても
納得す（わか）ることと慣れて事は別だから

★背伸びして履いた靴に合わなくて 疲れた足は傷だらけ
多数決 うまく答えを合わせちゃうから 常識なんて生まれちゃう

●●●判断●●●
スキやキライはそれぞれだから 自分のメでみて決めなくちゃ
誰かの言葉で流されちゃうなら 自分がいる意味なくなるじゃんか

★だれかと比べて小さくなるより 自分と比べて大きくなろうよ

同時進行 あっちこっちでいろんな顔して生きてはいるけど体はたったひとつなの

●●●マネキン●●●

どうでもよかった。すべてを任せてラクしてた。それなりに微笑んで。
何もしない自分を棚に上げ 思い通りにならなくて 自分勝手にキレていた

☆少し前の自分に似ているあの子を嫌に感じることは
戻りたいから? 戻れないから? ただ単純にうらやましいだけ?

☆アキラメながら・割り切って 進み始めてる自分の前に
立ち止まってた頃の自分に似てるあの子には
本当のことは言えなかったし そんな自分を情けなく思ってしまった

★いつの間にか無理してた。頑張ることをやめたのは
自分の張った糸に絡まる蜘蛛みたく 身動き取れなくなっていたから

限界 今までなんとかできてたことが 今になってできなくなって

☆自分だけって思うとね できる我慢もできなくなるし

タマネギ まわりのすべてが刺激物
感傷 (センチメンタル)
いつもは平気なはずなのに 今日はダメなの なぜだかどこか おかしいの

●●●END●●●
これが最後と思ったら 悲しいくらいに優しくなれたの
それでも もう一度やり直そうとは思えなかった

☆弱音を吐けば 本音を言えば終わってしまう
★サヨナラみたいでコタエを出すのがコワかった

マスク 嫌われることが怖くって 思う言葉言えなくてた
禁句 言えることが限られてると意識しちゃって何にも言えない。楽しくないでしょ?

★言っちゃう言葉と 言えない言葉の境界線
☆どうしても 怖くて聞けないことがある

☆覚えてられない悲しさと 忘れていける有難さ
☆みんな最後を意識しすぎてる
★消えてく命を惜しみながらも 生まれる命を祝ぼう

明暗 光があれば 影もある
トンネル、ときどき差し込む光が眩しい

★何も持っていないとね　心がどんどん意地悪くなってくの
☆欲や焦りがなかっただけ　自由でいられたかもしれないね

悪循環　不安定なときほどに余計な動きは増えてるし　足場はガタガタ崩れていくし

☆悩んでた（あの頃の）自分に「お疲れさま」って言ってあげたい
「一人じゃない」って教えてあげたい。

☆忘れかけてること　いつでもできると思うこと　やってみることにした
☆いつでもできるは　いつかの約束みたいに　とっても遠く　限りナイもの

社会　長くいる場所だからこそ　アナタらしく輝いてみてほしい

★口先ばっかの約束よりも　目の前にいる。それだけでいい

●●●タブー●●●
数えちゃいけない幸せの数。比べちゃいけない夢の大きさ。

●●●ちょっと待って!!●●●
たまたまよくある出来事に苦手な出来事多いけど
「キミにしか出来ないこともあるんだよ」って
自分ばかり責めてるキミに キミの良いとこ教えてあげたい

☆いらないものはないんだよ
大切に思えるときはくるんだよ。それがいつかは わからないけど

★いつのころか溜まってしまったその想いもう一度試してみない？

◎嗜好品＝心に栄養忘れずに‼

☆見えないものに気がいき過ぎて 見えてるものに目が向かない

◎見えてたものが消えていく...

致命傷 はじめはそれほど大したものには思えなかったんだ

★目に見える傷ならよかった。見えないぶんだけ甘えてた

☆ゆっくりと変わっていくかわりになかなか気づかず元にも戻れず

●●●自覚症状●●●

日に日に笑わなくなって
気づいたら話しができない 声さえまともに出せなくなってた。

★無口になってく私のことを嫌わないでくれませんか？
☆冷めきってはいないんだ。体の中から出てくる 涙は温かい。

◎眉毛＝心の翼

★（求めてる）理想って無意識に見てる　本人の頑張り所のように思った

★気になるものほど　近づけなくって
☆離れてしまえば冷めてく感情　一緒にいるから生まれる感情
★言えないトキこそ　言うトキかもね

◎背中＝心の強さ・厳しさ・逞しさ

☆近づけたことも離れていくのも　持ってる磁極の向くままに
★離れてる距離も　離れてく距離も
　キミがただ振り向けば　その距離一気に近づくね

●●●エスケイプ●●●
あまりにもついていけない世界から ついに逃げできた場所で本当のことは言えなかった

★素直に喜べないのはきっと 望むことじゃなく 無難に選んだ道だったから

☆あきらめられずに うまく逃げてるだけなんだ。同じ場所へ何度も戻って いつまでも忘れられずに執着してる

期待 アキラメを口にしながらも戻ってくるのは 捨て切れない想いがそこにアルからでしょう？

☆どこへ行っても障害（壁）はある

★嫌なこと避けてもいいけど 辛いことから逃げちゃダメだよ

★自分で望んで選んだ苦しみは 『やりがい』に変換され（かわ）るものだから

◎心臓＝カラダの風鈴

★自分自身が変わらなきゃ きっとなんにも変わりはしない

出発 味のないガム噛み続けてる そろそろどうにかしなくちゃね

☆行き先を決めるときがやってきた。
☆決まった場所まで運ばれていく荷物じゃないから 行き先くらいは自分で決めなきゃ

●●●門出●●●
今まで自然に会えたのは 行くべき場所が同じだったからでしょう。
ここから先は あなたはあなたの道を行き私は私の道を行く
たとえ 目的地（ゴール）は違っても出発点（スタート）は一緒だよ。

開き直り　ズルイよね。自分がラクするためだもん

逃げ　誰かのためにと言いながら　実際自分のためだった

常套手段　これだって思うものが見つかると何度も同じことで通り抜けようとする

☆認めること　(素直になるの)が　ラクになって　近道だった

言い訳　だれかのせいじゃあっともなくて　自分のせいじゃむなしくて

★自分にはどんなに上手な嘘や言い訳さえも通用しないものでしょう

自己批判　君にしかわからない君自身のこと　私には否定も肯定もできないよ

●●●花火●●●

「キレイだね」ってひとことに 花火は続けてこう言った
「それでも私と変わりたいとは思わないでしょ?」
返事もできない私をおいて 花火は空に消えてった。
＜どんなにだれかをうらやましいと思っても 自分は自分のままでいい
好きになれない以上に嫌いにもなれなかった自分でも
自分に生まれて良かったとはじめてそう思えたの。花火は気づかせ教えてくれた。

害　見なくなれば邪魔者扱い。それはちょっとヒドイんじゃない?

☆自分を基準に考えるなら　もっと自分を知らなくちゃ

伝染　一緒に居ると似てくるよ。だから似たくない人と無理して一緒に居なくていいよ

◎身近な自分も大切に

不言実行 言わないほうが 自由に進める
はじめの一歩 限らなければ 広がって行ける

★いつまでも 同じことじゃ楽しめなくて

☆特別だった出来事も繰り返すうち
ありきたりになり次第に飽きて そのうちだんだん 嫌になる

☆『ガンバロウ』なんて言わなくたって
ここまでやってこれたんじゃない これからだってやっていけるはず

☆これ以上続いたってうんざりするだけ。ちょうどいい頃、お開きにしよう

★変えられないはじめと いつまでだって変わり続けている終わり。

37

味覚　食べられないもの　おいしくなくなったり
　　　好きだったものから　離れていったり
　　　ずっと変わらず　食べ続けてたり

●●●変化●●●
あの頃の自分にとってはとても大きなものだったのに
どことなく物足りなさを感じ出してる　現在（イマ）の自分は
知らず知らずに変わってるんだ。それが成長だとは限らなくても

☆余計なものがなんにもないから見えたもの。知らないことで幸せなこと

★気づきたくなかったことも　知って悪いことではなかった

☆便利は案外疲れるもので　知らず知らず振り回されてる気もするよ

●●●早いもの勝ち●●●

小さい頃に買ってもらった 赤いハートのバケツは
自分のものなのに使えなかった。バケツに書いた名前なんて無意味なもので
しばらく経って ようやく手にしたハートのバケツはボロボロで書べるんかしなかった。

よこがお うまく隠したはずなのに 隠し切れていなかったんだ
かくれんぼ 長く・遠くへ 逃げ過ぎてしまったんだね。
コソプレックス 隠そうとすればするほど見つかってしまう
　　　　　　　誰もがもつものはじめに目につく

☆伝えられるのはどころどころ。聞くほうも疲れるだろうし 話しづらい部分もあるし

★見せてない部分があるから　とまどったり救われたり　考えさせられるんだろうネ
　誰かが言った何気ない一言に

☆伝えたい気持ちがあっても届けたい言葉が見つからなかった

☆時々話したくなる自分の考え 時々尋ねたくなる自分の存在

倍観音 テレビっ子の副作用

夏 日頃見ないようにしている部分が やけに強く浮き出てきたり
言えないコトバが 飛び出してきたり
予測できない動きが 使えないアタマ 結構楽しい

☆ムリして思い出すことにイイことなんてなかったよ。
思い出してしまったことは 忘れられもしないんだ

☆話したがりィの 人見知りィ
★ときどき どうにも 気が狂いそう

☆喜ぶ顔が見たいから いつのまにかイイ子になってた

★ほめられるのは嬉しいけれど 期待されるのは困るんだ。悲しい顔は見たくない

☆スキなこと イヤなこと どこか違うと思うこと

●●●良わず嫌い●●●
嫌がる理由を考えたとき 何も浮かんでこなかった
そうしたら なぜだか無性に食べたくなった

★今まで何とも思わなかったことが急に気になり出すのは君がススメてくれたから

恋は席替え
※共学……男女共学。別学……男子校＆女子校
恋をしてくれば共学世界。そうでなければ別学世界。

☆キミのうたううた覚えたから同じところをハズしてる
☆クダラナイことでもタノシイ間柄、さっきまでケンカしてたねウソレテタ
◎笑いジワ＝優しさの象徴

空の鏡 濁っても割れたりしない 水たまり
コユるきかげん 並んでる影が 少し 照れ臭い

☆影とかけっこ鬼ごっこ。ついてくる影がコワくて急ぐ帰路
☆優柔不断と言われても 流れていかなきゃ それは違う

☆焦っても 妥協はしてない・したくない
★ナレルナラ 焦ラズ活キレイ リョウセイルイ
◎蹴っ飛ばすとこどこまで連れてこう…

☆どこかでなくした落とし物。いつかはどこかで忘れてる
★忘れかけてた感情が もう一度ココロに芽生えたの。相手は別の人だけど

待ち合わせ 待ってるほうも待たせるほうも どちらも時計とにらめっこ

★待たせることに慣れてしまうと 待つことができなくなるよ

◎急いで渡る横断歩道

☆足早に急ぐ理由は 走った分だけ長く一緒にいられそうな気がするからかな
★会いたいじゃ足りないほどに会いたいよ！

★スキときめくトキメキはだれかに壊せるものでなく 自分で消せるものでもない

◎鏡の中でにらめっこ
☆鏡の中なら君と同じ 利き手になれるね

Mail 文章(モジ)にもキミの仕種(姿)が見える

★言葉の意味は受け止める相手の気持ち次第だね
☆いつも頼ってばっかりで困らせているけれど
　いつかはうれしい便りもちゃんと届けるからね
★短いコトバはスルドくて　長いコトバはアイマイで…
☆なかなか相手に伝わらないのは　曖昧な言葉を愛しすぎたからかな？
★思いか言葉か　あやふやなままで終わらせてしまったのかな？
☆いい加減な態度が　あらぶるままで終わらせてしまったのかな？
★思いが言葉で伝えるものなら　気持ちは態度で示したい

◎伝える手段はひとつじゃないよね

45

☆「してあげたい」は「して欲しい」だったんだ

★不器用な自分が器用に自分を隠してた

☆何もない感情をぶつけてみても 水面に飛び込みたたいて沈む小石のように それほど響かず消えてった

★興味を示すものにしか 目がいかないから、スキやキライなんて考えていなかった

★つないだ手の暖かさ。居心地の良さについていっちゃいそうだった。

☆受け止めるチカラがないから 投げ続けるのみ

◎恋はいっつも見学だった

☆言葉を知らなきゃ そのキモチ 気づけなかったかもしれない
★ナマエを知らなきゃ 君のこと いつまでたっても 呼べないね
★呼び方一つで距離は変わった

★スグ目の前を見るのに望遠鏡は必要ナイよね
　近づきすぎてて見えすぎて 気づけなかっただけなんだ

発見　見つけたときに もっと早く知りたかったと嘆いても
　　　少し前の自分じゃきっと気づけなかった。こんなに嬉しく・喜べなかった。

至近距離　長く居れば解り合える。早く出会えば一緒にいられるってわけでもないよね
　　　　いつだって正面(スグ)にぶつかっていける 距離がとっても素晴らしかった

☆届かなかった言葉にどれだけ感謝しようか

★好きな人の冷たさは いくらあっても嫌いにはなれない。
好きになれない人の優しさは いくらあっても好きにはなれない。
☆隣にいつも居てほしいのは 自分を愛してくれた人ではなくて 自分が愛した人なんだ

★必要としない優しさは 重荷になってしまうんだ

★最後に見えてきたものと 見えないままに終わるもの

☆一つしかなければその一つを 愛していけそうなのに いくつもあるから なかなかそうはいかなくて…

★同じように輝く星を見つけてしまった小さな星は、
自信がないから 輝きを比べられる前に消えてしまった。

★試したり比べるのなら捨ててくれてかまわない

★簡単に手に入るものは　簡単に捨てられる

ラッキー　思わぬところで手にしたモノは
　　　　　ずっとずっと欲しいと願うものではないから
　　　　　結構スグに忘れてしまう　感動なんだ...

☆必要とする前に手に入れちゃうから　感動を味わえないのかもしれないね

☆適当に楽しい場所ならいくらかあるけど　居続けたいほど大切な場所はなかなくて

★「いいな…」って思う気持ちがあっても　『一緒に居たい』と思わなかった

★どちらかといえば幸せだけど　それ以上に退屈なんだ
☆比べて見つけたシアワセはシアワセじゃなくてマシってやつだよ

★はずかしすぎて　嘘ついた。
★スキじゃないフリ　平気でしてる
☆いつもより口数多く弁解してる。下手な言い訳　見透かされてる

◎好きじゃなくても拡げちゃう気持ち
★相手が君じゃなければよかった

◎人は皆　優しくて
★優しくなれない私は意地悪

◎優しい人の冷たい背中。あなたは近くて遠い人

☆広き門ほど狭き門かも

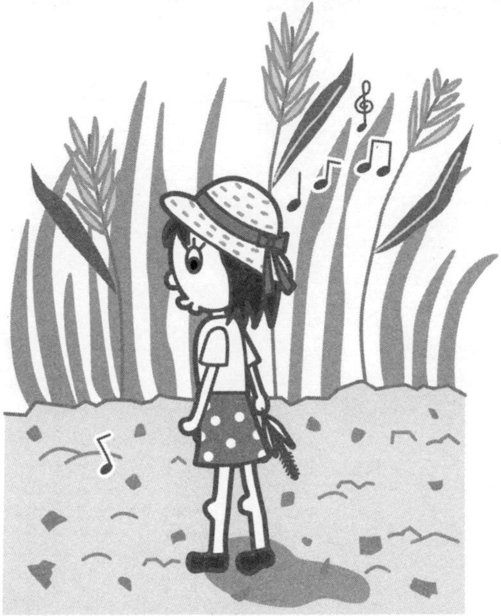

☆知りたい気持ちのアンテナのばそ！

◎出会いは偶然　再会は未知

☆繋がりの糸はどんなときにでもあるものだけど結び目次第で違ってくるんだ

ルール・法則・つながり・関係　生きるのがひとりじゃないから生まれるよ

やり直し　生きているからできること

資格　生きてる間は仲間に入れてよ

一期一会　どこにでも何かは得るもの一つはあるよね。出会いをムダにはしたくないね

社交辞令　あってテナイなものなんだって思ったら　いちいち笑ってられなくなった

再会　また会えたんだね。どことなく新鮮で　前よりもっと居心地いいね

口癖　しゃっくりみたいに一度出だしたらしばらく止まらず・止められず

★口動かすとき幸せ感じる。食べたり飲んだり騒いだり！

年齢と体重　ごまかしちゃってもニクメない！

☆矛盾も許される世の中だったら　好きに生きてみるのもいいんじゃないのかな

★キライになったわけじゃないけど　離れてみるのもアリだと思った

★「あのとき」と言ったとき　もう戻れないってわかったよ
★今日の日が早く　ずっと遠い昔になって　あの頃と言えるようにと願うだけ

◎アクビは出るのに　眠れない

☆未来(先)の見えてる日記をつけるのはツマラナイから　未来は知らないほうがいい

★告白されても　返事できなくて
☆ほかの誰かに　流れていくのを黙って見てた
☆会えるのが楽しみなのに　会うとどうして意地悪くなるのかな？
☆やっと押せた電話のボタン　受話器の中から悲しいお知らせ

☆あの子を送ったあの人と　すれ違っても知らんぷり
☆会えたなら何かは話したいよね。知らないふりは悲しいよ。

★痛みは覚悟していたよ。しばらくは続くって。だけど意外なところで救われた
☆道草していろ帰り道。だれかに会いたい　こんな日は…

56

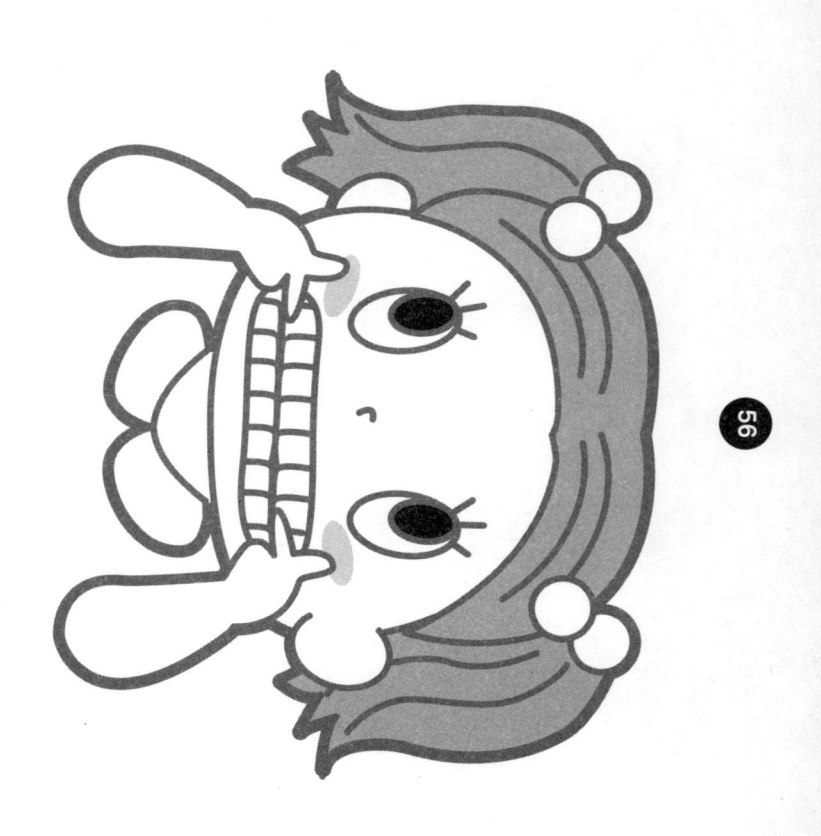

★おいしくなくても スキなもの

電池と相性 すべてにうまくあてはまらないから見つけたときに チカラ発揮できるもの

★合う合わないは先入観にとらわれた 自分の態度が決めているのかも

ドミノ はじめの一歩を踏み出せば
善くも悪くも しばらくは同じ状況続いてく

発想の転換 何をやってもダメなときってあるんだね。
あんまりうまくいかないんなら いっそいつもの逆をいこうか

★選んでばっかじゃワンパターン 成り行きにまかせてみるのもいいんじゃない
★規則正しい番号順の世界もいいけど ランダムな世界で冒険したいんだ

☆嘘をついて愛されたって 何もうれしくないじゃない？

☆必要以上に嫌うのは アキラメの強がりってやつだったから
☆苛立っているのは 当たっているから・わかっているから・思い通りにならないから

★大切な人に辛く当たって 他の人には必要以上に優しくなれてた

同情 そんな顔して見なくていいよ。今始まったことでもないから

☆幸せに慣れていないとね 手にした途端に怖くて投げ出してしまうんだ
☆たとえ目の前にあったとしても飛び込んでは行けないの
☆いつから誰とも争うこともなく 一人で生きていこうとしてる

★大切なものは 近づくたびに壊していった
★避難訓練！ 避難訓練!! それが私の悪い癖

★ツヨイとかヤサシイとかって ほめられたってうれしくないし プレッシャー感じるし
★別にツヨイわけじゃない。 早くラクになりたかっただけ

☆感謝される優しさよりも もっと大事な優しさあるよね
☆全力（ベスト）を尽くしたって言えるなら それでもう充分なんだよ
☆見返りを求めはじめたとき それはもう優しさはじゃないから

プレゼント 一瞬でも考えてくれた… それだけでもう 充分だから

★どんな結果になったとしてもジャマにだけはなりたくなかった

YES・NO 一つの意見に偏りがあったとしても 大きく分けて二つの答え
★自分にできない我慢は本 相手にだってしてほしくない
返事 遠慮はいらない はっきり聞かせて

最終確認　このまま終わって　本当にいいの？

☆楽しみだったはずなのに。待ちに待ってたはずなのに。楽しくないの。喜べないの

やっぱり　嫌な予感が的中する度　アタマよぎるなら　もうこれ以上はいられない

☆満足してれば　文句は言わないはずでしょう？
☆一度は好きになった人　悪くは言いたくないもんね

自然消滅　最後がいつか　このまま続くか　どうでもいいと思ってる

☆思い出を語り合えても解り合えてもこの先を共に歩けはしないんだ
☆時間は延ばせても　キモチ戻せない
★写真と同じ。あの日の私は　あの日のままで　どこにも行けない・動けない
☆止まった時間に惑わされないで

砂時計　揺すってみたり、覗き込んだり。心のゆとりのバロメーター

★余裕がなくて焦ってばっかで　変わる季節にさえ気づけなかった

体内時計　あなたはあっという間だといったけど　私にはとても長かった

天国と地獄　可愛くなるのも　ダメになるのも恋にはどちらもありえることだね

☆キミー色になる前に目が覚めたから　またそうなるのが過剰にコワイ

突進　見えなくなるほど近づきすぎた。懲りたはずなのに。これでもう何度目だろう

第三者　離れているから見えること。他（そと）から見れば簡単で
　　　　冷静にだっていられるのにね　そんな余裕がイマはほしい

キーワード　無意識に探してる
暗喩　結局，好きだった人を見返すことはできないよ。
未練　忘れようともがくより　だって　今でもまだ好きだから　疲れ切るまで思い続けていればいい

☆似てる声や姿に　振り回されてる。シリトリみたいにつながっている

★「終わった」と思う気持ちは　まだまだココロに残ってた
★時間が経っても変わらなかった。あの時と同じ痛みを感じて　思い出したよ

☆意識して避けてることが　まだふっきれてないってことかな？
★時間が経っても美しく　なりきれていない過去はまだ　続いているからかもしれないね

☆迷う気持ちがあるのはきっと　引かれてる部分があるから
☆捨て切れない思い無理して捨てなくていい　必要になるその時までしまっておけばいい

●●●ダメイキ●●●
言えば言うだけ 違う方向へ向かっていって
キミの態度で すべてが変わってしまうほど 不安定で
思っていたより ずっとずっと難しくって…

☆冷たくされてムッとして 優しくされてホロッときてる
☆振り向いてほしくって背伸びしだしたら 気づいた頃には君への想いは消えていた

マジネリ 冷めてしまったのか 落ち着いたのか…
空回り 難しく考え過ぎていたのかな?
　　　　力強く持ち上げた やかんの中身は空っぽだった

修復 始まりもなく やり直しなんて…

破局 疲れてた。たったの一度で壊れてしまった

64

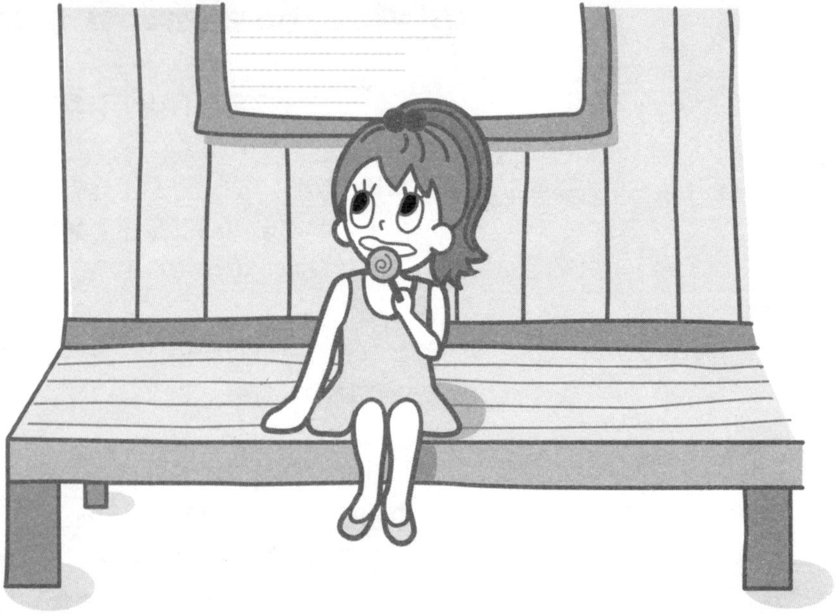

もうやめて　意地悪と臆病さを兼ねた笑顔で試すのは・・・

☆心理テストみたいにね　結果が見えてしまった以上　知らないフリはできなくて
☆とぼけることが唯一の　抵抗や反抗だった
我がお願い！私が目を覚ます前に　急いでここを通り抜けて

☆不思議なものです。悲しいものです。好きになるとその人の
愛するものやが気に入らないものがわかってしまう。最後に（自分は）愛されないことも

☆視線を追えば　必要以上に笑って見せる私の姿を通り抜け
その先で笑わなくても愛される　カワイイ顔したあの子がいたよ

視線　気になる人が他のだれかを気にすれば　それ以上は進めなかった

テリトリー　近づく前に突き放したり　くっつき離れないままだったり

壁　近づくほどに　頑丈だった

★はじめは故意に離れていった。
そしたら元に戻れなくなって　本当のことが見えなくなった

☆あんなに近くに側に居たのに今じゃ　空より遠くに感じるよ
★故意に離れていくのなら　戻れないこと覚悟して

絆　きっとちゃんとしていれば　何があっても大丈夫

☆気まぐれでさえもうれしいと思えた頃は過ぎてしまった
★開いて平気な期間はいつでも　平等な間隔だとは限らないんだよ

☆予定がなくても時間は必要。時間はまるでゴムのよう

予定 飛び込んじゃえば簡単なのに。なかなかそうはいかなくて

★待ってる時間が長いから 浦島太郎になるんだよ！

☆新しい手帳に今アル予定書き込んでみたり
特別な出来事アル日いつものスペースじゃ足りないみたいな

★「遊ぼう！」ってなったとき手帳を開いてくれた人 大切にしたいんだ

電話 かける緊張 待つ不安

☆「遊ぼう！」は「ひとりじゃ居られない」のSOS（合図・サイン）なんだよね

ルール違反 泣いて相手を困らせるのは 卑怯（ズルイ）と思った。
冷静な判断ができなくなるでしょ？

★同じってことに甘えたくなかった。つねに対等でいたかった。
　隙をねらったりしたくなかった。

☆泣いてどうにかなるのなら　泣いちゃいたいけど
☆泣きたいときにこらえた涙が邪魔してる

食物連鎖　ケンカと同じ。立つ位置で大きく違った考えになる

相談相手　ココロが揺れてしまうのは　同じ気持ちのメで見てくれるから
　　　　　もしかすると相手はアナタに好意を持っているのかも。だから居心地いいのかも

親切　それはただの優しさだったり　それは小さな愛情だったり

☆優しいなんて言われたら 冷たくなんてできないし。そんなふうに泣かれたら 言いたいことも言えないし。恐れもしないし。私だって泣きたいし…

●●●逆襲●●●
気づかずにたまってた イライラが積もり積もって爆発したの。

三角関係 知らない相手だったらもっと強くぶつかってたかな。

つながひき もしもキライだったと言えば アナタもキライになるでしょう？
そしてあの子の元へと行くのでしょう？
聞き分けのイイ アナタで良かった。さようなら

☆反省（安心）したが 許すことができないの

苦笑 イマ・スグ・ココを離れなきゃ！ナミダに変わるその前に…

感覚　使わなければ忘れてしまう。でも取り戻せるもの

☆簡単に忘れるかわりに　思い出すことも簡単にできる
★一度できると　何度でもできちゃうんだよ

エレベーター　一番はじめにはじめてみても　一番はじめに辿り着けるとは限らない
順番抜かし　突き飛ばしてまで先へは進めない。後ろは見えない　背中に目はない
嫉妬　美しくなんてなくていい

☆うらやましいのは　自分にデキナイことだから
　救われたのは　自分のヤリタイことではナイから

★存在を明かさなければ不思議なくらいに残酷になるんだね

☆一度は自分を突き放したヒトに助けを求められても　何もできなかった

わな 案外嘘が上手なんだね

カケ 慣れないことや余計なことは するもんじゃないね
ナニーつ信じられない。疑うことしかできなくなってる

☆信じたいから疑った。疑わないのは信じてないから
信じなければ 疑うこともないでしょう...

★知り過ぎたから 疑いはじめた
☆あの子の言ってた嫌な予感 いま私実感してる。
☆嫌だと思うとこう、私しようとした。されて嫌(や)なことしちゃいけないよね

☆騙されていいと思えない限り 『信じる』ことってできないのかもしれないね
★だれかを犠牲にし得た関係は それほど長くは続かない
☆仕返しじゃなく お返しを

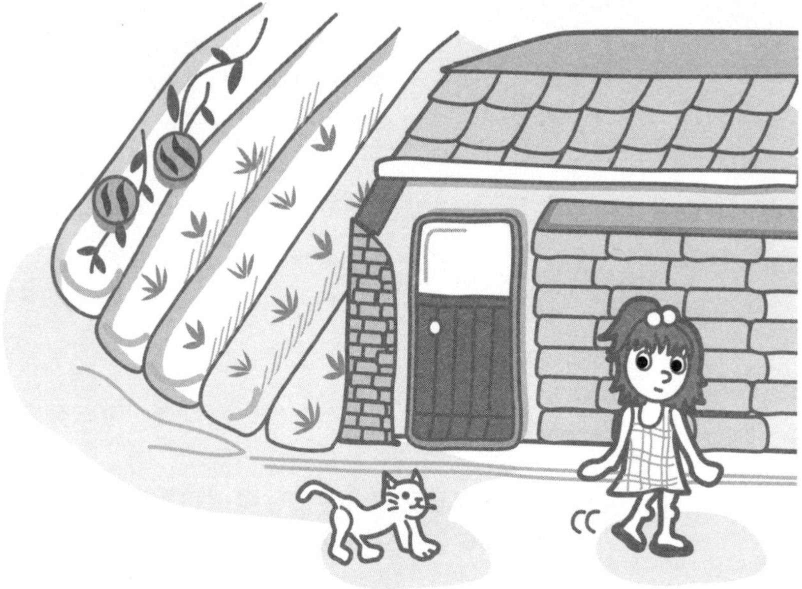

◎長い休みの　短い休憩

★感情は天気のようにコロコロ変わる

喜怒哀楽　違う環境（ばしょ）にいたって　共通してるね

感情　人それぞれに　時差がある

◎目で見て　ハズレタ　天気予報

☆晴れた日に手にする雨傘　必要以上に大きいね
★雨で体が濡れないように傘を差すみたく　ココロにも傘を差してみた
★楽しそうに見えたって　心じゃ泣いているかもよ
☆持ってる傘をささずに歩く雨の日だってあるんだね

宿命　どんなに時間を戻せても記憶も連れていかなくちゃ　ここに戻ってきちゃいそう

●●●神様へ●●●

それなりの考えがあって　運命を操るのでしょう
そうじゃなきゃ　少し残酷すぎませんか？

☆心が疲れてやせていく。自分を守る嘘をつく
★嘘つくことに慣れすぎて　本当の自分がわからない

☆嘘をついたのは私。騙されたのも私かも
★嘘が悪いわけじゃない　悪いのはついたその人・使い道

★そろそろ本気にならなくちゃ　自分にさえも愛想つかれてしまいそう

★何もしなければ何もない これじゃちょっと 味気ない

☆迷ったり後悔する日が増えてくよりは 失敗しちゃったほうがいい
★切りすぎた髪だって いつかは必ず伸びてくるんだし
☆なんでかな？断られたのにホッとしてる
★こんなに弱く泣き虫だった自分を知って驚いた
☆切りすぎた 前髪少し気に入った

★「もういいよ」って いつだいだれと かくれんぼ?!
★「流れ星?!」雲が流れた だけだった
神頼み 何を願おう？ 見当たらないや。まぁいっか…

☆出会いや機会・きっかけは石ころみたいに転がってるよ。気づくかどうかが別れ道。

★いつもと違った道を歩けば見える景色も感じる距離も違うだろうね
助走 道程が長いほど いろんなイキカタあるんだね
★どんなときにも 助走はあるよね

第二ボタン 思いがけないなりゆきで もらうことになっただけど
簡単にボタンをちぎる力に ドキッと… その時はじめてきめいた

★静かな場所が好きなのは 穏やかに 過ごしていける気がしたから
★好きだった以上に嫌いになっていくのなら 嫌いから始まれば良かったかもね

★歩き出したばかりだから今すぐ遠くへ行けないけどいつかは行ける気がするの

ん 目を使わずに　何を見る？
　 口を使わずに　何を言う？
　 耳を使わずに　何を聞く？
　 こんなんじゃ続かないシリトリじゃない…

☆心配はどこまでも生まれて　安心はどこへ消えていく？
☆存在は不安定。明日には同じ場所に別の人

★誰かに自由を奪われたかった。そこから自由を手にしたかった

☆居たら居たで面倒なのに　居なさや居ないでサミシイよ…
情　抱き癖は抱いてるほうにもあるものでしょう？

★居心地のいい場所長く居すぎてこの筋肉なくしちゃった

78

☆何もないまま過ぎてく一日は　遠い日の出来事を思い出すより難しい
☆ここに来て思うこと。ここに来なきゃよかったよ。って思うけど
ここ乗り越えなくちゃ逃げ癖ついちゃう
★同じ言葉を繰り返すうちに　これでいいのかわからなくてしまったよ　言い訳ばかりしなくちゃならない
☆はぐれてしまったキミを探そうにも　キミの格好（姿）が思い出せない
満員電車　投げ捨てられたおもちゃみたいに
　　　　　無表情な人たちをとに思えず　怪訝な顔して窮屈な空間を共有してる
★時間にはかなわないけど　時間で生きるの悔しいよ。
☆変わっていくのに時間なんて関係ないよ　大切なのは気持ちでしょ
☆ヘンイチにしてても良いことなんてなくって
　いつの間にかもう（どうでも）いいに変わってた
☆晴れの日はヒカリ眩しく　雨の日は電飾がキレイ
★来ないあなたを　待ってみようか
★雨上がり　見上げた空に　虹がかかる

☆大きくなるにも 小さくなるにも どっちも大変
☆見下ろす景色は狭く限りあるけど 見上げる景色は限り無く広い
☆離れてるトシの数 追い越せないの悔しくて

★持ってればそれはだいしゃないくても
　持ってないとねどことなくひっかかって連呼して...
　聞かれなければ考えなかった。だから何度も考え直す

☆通り過ぎた人は過ぎた時間を振り返って羨ましいというけれど
　いま ここを歩く人は 夢中で歩いているんだよ。迷いながらも...
　ないものねだり 大人は子どもを 子どもは大人を...

☆幸せ？なんて聞かないで... 今に満足できなくなっちゃう。欲張りになってしまう

☆いろんな乗り物に乗るようになって 自分の足を使わなくなった。
便利さを知ってしまうと
不便な（もとの）生活に戻ることできなくなってる

☆向かう先と行き先が違ってしまっていただけのこと。
大丈夫。今からだって間に合うよ。まだ始まっていないから

◎行き先の合わない バスには乗れない

心機一転 しわくちゃのココロにアイロンかけなくちゃ

☆自分が見えて広がった
★溜め息を深呼吸に 変えちゃおう!!

82

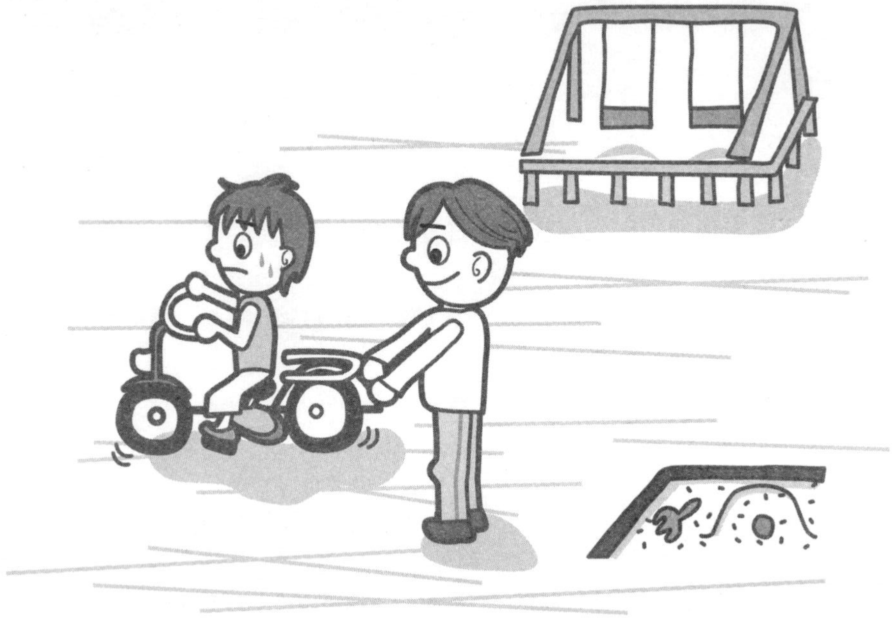

●●●落とし穴●●●
素直に信じた自分が悪いか　ただ単純に惚けた罰か
目の前にあるのは一つの落とし穴　ここから前(さき)は自分次第

☆みんなに優しくされるのは私が出来損ないだから

★ライバルなんていなくなった　まわりのすべてが敵だった
☆みんなが敵に思えたら良いトコなんて　見つけられない。見えなくなっちゃう

☆前へ進んでいけなくなってしまったとき　振り返ってみたんだよ。
　残してきたものにとまどうこともあったけど　支えられた。
　もう一度ここから何かを始めようと思ってる。もしかするともう始まっているかもね

diary　自分の残してきたものに　支えられて歩いてく

☆急すぎきたのかもしれない。でも変わらない気持ちがそこにはあったから
ココでやらなきゃ何も始まらない。進んでいけない気がしたんだ

☆たとえ続かなくても 一瞬だって生まれたのなら それはそれでホンモノなんだよ
一度芽生えた感情は そう簡単に消せないのでしょ

☆「ばかみたい」って言われようが思われようが
今は楽しく進んでいきたい。それぐらいがちょうどいい

行コてきます 戻(かえ)る場所があるから 出かけて行ける

★『みんな仲良く』なんて キレイ事かもしれないけれど
ちゃんと存在(アル)って証拠(トコロ)確認し(ミ)てみたかったの

☆いつまでもじっとしてられないし。許されないし

●●●START●●●
真っ白なノートを目の前に ここから何だってやっていけそうな気になって
その先を色々と考えてみれば 前へ前へと進んでいくのも悪くなさそうに思い始めたよ。

●●●自分らしさ●●●
つかめないものに焦ってた。変わり続けるものに怯えてた。
でもこれからは違うんだ。もうちゃんと歩いて行ける

★土地勘（ケイケン）生かして進んでいこう。自分なりの道のその先を

◎悲しくたって自分で決めたことだから

87

★ついた嘘に近づこうとした
☆ウソはどんどん見えてくる。永く一緒に居たい人には使わないほうがいい

★書き写すとね 書き直しちゃう
感動さえも半減しちゃう。気が変わる前に先へと進もう

☆余計な装飾（モノ）に惑わされないで
中身（コエ）にだけココロ（耳）を傾けて

☆似合わぬ言葉が似合うトキを
待ってるだけじゃやってこないなら イマここで使ってしまおう

☆昔ワカラズ投げ捨てたもの 拾い読み返したとき 新たな感動・タカラモノ

◎コトバもココロも氷点下

☆残してきたものを　並べ集めたら
　時間が経てば経つほどに　冷たくなってく自分に気づいた。
　今の自分は誰かを意識的に（わざと）傷つけそうで　近づけないよ。

★うつむいて歩く　丸まる背中
　まっすぐに伸ばしてごらんよ。広がる世界が待ってるよ

◎立ちあがる　歩き出す　走り出す

★悲しみのポケットに少し意識が強く行き過ぎていただけのこと
　悲しみがたまらないように　悲しみのポケットの底　常に破っておきましょう

☆ほんの少しのうれしかったデキゴト　挑戦し（やつ）てみることにした

☆一番上（おねえちゃん）になりたくて 生まれてきたわけじゃない
女になるためだけに 生まれてきたわけでもないもん

●●●戻れない場所（遠い国）●●●
そっちの世界に逝かせてよと願ったら
生きていながらも死んでるような命なら イラナイヨって返された

☆しっかり自分をもちなさい すべてはそこから始まるよ

●●●通り雨●●●
突然の雨を傘を持たなくたって 嫌じゃないのは
うつむいて歩く肩を 背中を 体中を励ますように叩いてくれて
見上げた空には強さと優しさを見せてもらった・教えてもらったからかもね

☆感情は 同じものの見方さえも変えてしまうよ
★通じない言葉の字幕のように メを反らさずネットについていけなくなる現実
☆するべきことや穴埋めは本人以外の誰にもできることではないから... 逃げないで

子防織 いつ役立つのかがわからない保険でうまく生きていこうとしてる
赤点スレスレ・飛び出るものがないからね トータル的に最下位

子爵 確実に知らせているけど 走り出そうとしないのは 今回もまた見送るつもり?
☆今か走り出すときだってわかっているけど
煮えきれない思いの中で もうちょっとだけ考えていたい。
間に合わないなら それまででいい。できることなら絶対に取り戻せるから

☆心閉ざしてる間に どれだけの出会い (可能性) を流し (捨て) できたんだろう...

★自分以外の行動は自分以上にわからないもの。
思いもしない出来事が さりげなく強く残ったりする

★他人（ヒト）は他人（ヒト）って 割り切っちゃえば本当どうでもよくなるよ

☆会いたいトキに会えないくせに
 どうでもいいとき会えたって 会いたくないトキ会っちゃうんて

★何かにつけて結びつけてしまう癖が 勝手にすべてを終わらせた

◎誰かを嫌えば 違う誰かに救われた…

●●● 葛藤 ●●●

すべてを素直に信じる少女を 哀れに思った魔法使いは少女に
少しだけ未来の見える魔法を与えました。すると少女に疑う気持ちが生まれました。
あっという間に疑う気持ちでいっぱいになったた少女は
怯えるばかりで信じることができなくなってしまいました。
魔法使いが気づき慌てた頃には 少女の姿はもうどこにもありませんでした

★着せた恩は 自分勝手な優越感

☆されてやなことしちゃうくらいなら されてるほうがずっといい

☆本当のことはわかってる。でもうし このままでいさせてほしい

◎たとえ話は ヌイガイ本気

☆ひとりになるのがコワかった。誰かといないとちゃ落ち着けなかった。

☆一緒に居てくれてるだけで 充分に甘えさせてもらっているよ

☆支えがあれば 崩れることはないでしょう
☆誰も知る人のイナイ場所で不安だっただけかもね

☆自分とちゃんと向き合うことで 弱さを見つけた。逃げ場をなくした
☆逃げたとしても 隠れる場所はもってちゃいけない。甘えてしまう

★逃げ道はすべて壊すことにした

◎生きてくことが最大の遠回り

☆シアワセを知るから　手放せなくなる
自分のもってるシアワセに気づき始めたときに　意識しながらも
自然なカタチでヤサシサを見つけて行ける・みちびかれるって気がしてる

★シアワセになりたくて・シアワセになるために
生まれてきたわけじゃなく　知ってしまったから願うんだ

●●●FRAME●●●
千羽鶴みたいにね　繋げればひとつのアルバム（まとまり）に完成できて
でも　そのままにしておくと毎日（吹く風）に忘れ（飛ばされ）てしまう

★つきからつきへと欲張るココロは生きてくチカラに変わるから有難くいただこう

95

色眼鏡　自分のココロ変えられないから
　　　　ここを通り過ぎるまで甘えていいかな？

★進むために何かを捨てなきゃならないのなら　私は自分を置いて く

☆忘れたい思い出（デキゴト）に前（先）へ進むチカラはナイよね

☆傷口なんてないのに貼った 絆創膏
突き放すチカラがないから 近づくことにすら怯えてる

★ゴツゴツになってしまおうが ぶつかっていこう。
いつかは削られ 川の底 沈んでいきたい。

☆進むためにメをつぶることもあるだろう。
それでも戻れない場所でもう一度 振り返ってもみようかな

★本当はいつだって迷う気持ちはあるよ。でもね甘えてちゃいけないって

★一秒先も未来なんだと思ったら 結構前見て歩いているじゃん

98

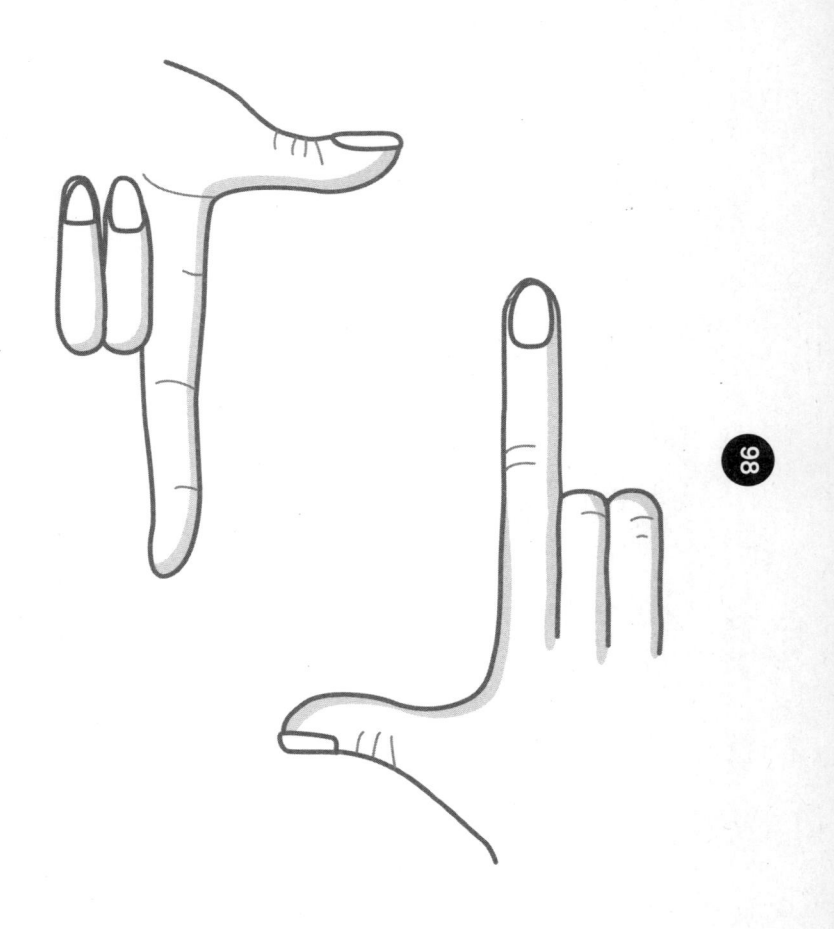

幸運　小さな実力　運が大きく味方した

開花　花が咲いてわかったことは　咲くときを静かに待ってた　草や木のその存在

ダブって　片目で見ていたひとつのものが　2つの目にもひとつに映った

◎うれし涙は輝いて

365・6ニチ　まいにち　だれかの誕生日

★うれしいことがあった日は　知らない人にも優しくなれそう

anniversary　自分で作った記念日だったら　同じ日が年に何度あってもいいよね

●●●スイカ割り●●●
振り返る過去に目隠しさせて　目の前にある明るい未来が　見えないでいた

●●●うめぼし●●●
ためになる言葉をくれるあなたを
傷口（カラダ）に滲みる消毒のように恐れても
スッパイ分だけ見事ハマってる

●●●自転車●●●
見ていてくれる人がいるから　進んで行ける
振り返る度に強くなる　過去なら欲しいと思ってる

★早すぎた失敗に　いつまで縛られているんだろう

◎目隠しされて進む人生（ミチ）

★叶えることより　見つけるほうが難しかった

◎種を蒔かずに実を待つの？

★アキラメ積もった山ならばイラナイ　夢を叶えて実になって

◎夢が咲く頃　会いましょう

ギャップ☆これがすべてのはじまりだった

イマナラ
マニアエル…
キットアエル

イラスト／たけおとみ

川上敏子

著者プロフィール
川上 敬子（かわかみ けいこ）
1980年9月24日生まれ。

frame

2002年3月15日　初版第1刷発行

著　者　　川上 敬子
発行者　　瓜谷 綱延
発行所　　株式会社 文芸社
　　　　　〒160-0022 東京都新宿区新宿1-10-1
　　　　　電話03-5369-3060（代表）
　　　　　　　　03-5369-2299（営業）
　　　　　振替00190-8-728265

印刷所　　株式会社 フクイン

©Keiko Kawakami 2002 Printed in Japan
乱丁・落丁本はお取り替えいたします。
ISBN4-8355-2722-4 C0092